KB145525

사랑 공식

황영칠 시집

시인의 말

때로는 봄바람 살랑대는 산책길에서 언 땅 비집고 모질게 피어난 제비꽃이 되고 싶었습니다. 가을 들녘 산책길에서 단풍처럼 물들어가는 내 가슴을 투박하고 속 깊은 질그릇에 담아 두고 가끔 보고 싶기도 했습니다.

허기진 배를 부여잡고 보릿고개 넘던 날 빡빡머리 소년은 각시방 분홍색 횃보처럼 아름답게 물들어가던 앞산 진달래꽃을 입술이 파랗도록 따 먹던 날 동요 '고향의 봄'을 부르면서 시인의 꿈을 키웠습니다.
이제 황혼의 들녘을 지나 고운 단풍 물든 동산 언저리를 돌아 지난날의 추억을 커다란 질그릇에 담으며 길을 걸어가고 싶습니다.

제 인생의 소풍 길을 걸으며 거두어들인 사연과 열매를 질그릇에 투박하게 담았습니다.
앙증맞고 작은 열매는 아담한 동시 그릇에 담고, 커서 부담스러운 것은 수필 그릇에 담을 생각입니다. 우선 크지도 작지도 않은 아담하고 빛 좋은 열매들만 모아 시집 『사랑 공식』에 고이 담아 독자님들께 인사 올립니다.
저의 시 중에는 숭늉 맛과 청국장 맛이 나는 것도 있고, 보릿고개 넘던 어머니의 아픔도, 그리고 열세 살 소년의 설레는 가슴도, 무지개 언덕길에 묻어둔 사랑도 담았습니다.

그리고 아내와 손잡고 걸어온 눈물과 환희의 언덕길 풍경도 고이 담았습니다.
이제 제가 걸어온 산책길에 그려둔 제 인생 미완성 작품의 부족한 부분을 고운 색으로 완성해 가는 모습도 담았습니다.
앞으로 새로 열리는 열매는 새 부대에 담아서 고운 모습으로 수필이나 동시의 모습으로 독자님들을 찾아뵐 생각입니다.
저의 인생을 담은 시집 『사랑 공식』을 읽으신 독자님의 마음속에 작은 위로가 되기를 소망합니다. 고맙습니다.

2024년 꽃 피는 오월에
시인 황영칠 드림

QR코드 스마트폰으로 QR 코드를 스캔하면 시낭송을 감상할 수 있습니다

본문 시낭송 감상하기

제목 : 아내의 얼굴
시낭송 : 박영애

제목 : 오월
시낭송 : 박영애

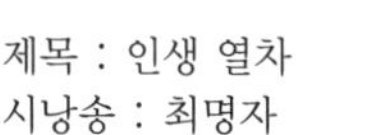
제목 : 인생 열차
시낭송 : 최명자

제목 : 부부 사랑 공식
시낭송 : 박영애

영상은 YouTube 정책 또는 운영 관리에 따라 삭제될 수도 있습니다.

시인은 자연을 이야기하고 시낭송가는 자연을 품었다
글자는 날개를 달아 언어로 날고 소리는 자연에 눕는다

* 목차

1부 그리움은 사랑이었네

2부 당신의 접시꽃

* 목차

3부 쑥 뜯어 오던 날

* 목차

4부 인생 열차

5부 부부 사랑 공식

6부 당신은 사랑입니다

1부 그리움은 사랑이었네

그리움은 사랑이었네

그대는
함께 있어도 그립고
멀어지면 더 그립다

그대는
보고 있어도 그립고
못 보면 더 그립다

이러나저러나
그립기는 매한가지

결국

그대는
그리움이었네

그리움은
사랑이었네!

그냥 잊고 사시게

세월이 주고 간
건망증이 괴롭히거든
너무 상심하지 마시게

기쁨이 놀다 간 꽃자리보다
아픔이 할퀸 상흔이
더 크고 깊으니

잊지 않고 산다면
상처의 해골만 쌓여
태산이 될걸세

망각이 거름 된 옥토 위에
기쁨의 꽃이
활짝 피어나리니

그냥
잊고 사시게

감사하며 살다 보면

이 길인 줄 알고 갔더니
저 길이었고

저 길인 줄 알고 왔더니
이 길이었네

내일은

저 길로 갔다가
이 길로 돌아와야지

친구야
우리네 인생길은
그런 게 아니라네

감사하며 살다 보면
꽃길이 보인다네

오늘 하루

간밤에 무지개 꿈은 꾸셨나요
아픈 곳은 없나요
아침밥은 맛있게 드셨나요

출근길에 기분은 좋았나요
마음은 파란 하늘처럼 맑으신가요
잠시 내 생각도 하셨나요

아침 햇살이 창가에 내려앉을 때
그대 방 창가에도 고운 햇살이 내리나요
내 마음 금빛 햇살을 당신께 보냅니다.

밤마다 내려앉는
열두 폭 달빛을 한 아름 펼쳐 놓고
임 향한 사연을 꽃실로 엮어
그대 창가에 걸어 두고

나는
마지막 잎새가 되어
달빛 어린 당신 모습
가슴에 봉곳이 보듬을 거예요.

너를 생각하면

길을 걸으면
너와 함께 걷고 있다

귀를 기울이면
너의 목소리가 들린다
노래를 들으면
너의 노랫소리가 들린다

꽃을 보면
너의 미소가 보인다

혼자 있으면
너를 향한 그리움뿐이다

너를 생각하면
세상은 온통 사랑이다

나

꽃이 예뻐서
꽃밭에 갔더니
내가 너무 부족하고

물이 맑아서
냇가에 갔더니
내가 너무 미안하고

하늘이 아름다워
하늘을 쳐다보니
내가 너무 부끄럽고

바다가 넓어서
바닷가에 갔더니
내가 너무 작아서

사랑이 그리워
사랑 찾아갔더니
가슴이 너무 아프더라

결국 나는
내 앞에 서 있었네.

다시 태어난다면

내가 꽃으로 다시 태어난다면
무슨 꽃으로 태어날까

장미는 가시가 있어서
그대에게 상처를 줄지 걱정이고

해바라기는 키가 너무 커서
입맞춤도 못 하면 어쩌나

코스모스는 바람에 흔들려서
당신을 자세히 못 볼 것이 걱정이고
벚꽃은 너무 짧은 사랑에
이별 눈물은 어찌하나요

차라리
임의 산책길에 한 포기 잔디가 되어
그대의 체온을 느끼고 싶어요.

사랑하기 때문입니다

보고 싶은 마음은
사랑하는 마음이요

그립다는 말도
사랑한다는 말입니다

외로운 마음은
사랑하고 있는 마음이요

원망스럽다는 말은
더 많이 사랑한다는 말입니다

미워한다는 말은
가슴이 터지도록 사랑한다는 말입니다

보고 싶음도 그리움도 외로움도
원망스러운 마음도 미운 마음까지도

결국은 사랑하기 때문입니다

스님의 고민

대웅전 대청마루에 빈대들이
살금살금 기어다닌다

졸고 있는 스님 승복에도
빨간 놈이 기어오른다

요놈
순간 스님 손이 덮쳤다

스님의 고민이 깊어진다
살생은 대죄(大罪)가 된다

눈치 빠른 빈대들이 마루 틈 사이로
줄행랑을 친다

빈대들도
부처님의 자비를 입었다

대웅전 풍경 소리에
산사의 가을밤은 깊어만 간다.

꽃가게에서

제일 예쁜 꽃을 골랐다가
내려놓았다
꿈을 잃은 어린이를 위하여

가슴 뛰게 탐스러운 꽃도
내려놓았다
마음이 가난한 이웃이 생각나서

가장 향기로운 꽃도 품었다가
다시 내려놓았다
사랑에 목마른 사람들을 위하여

한참을 망설이다 결국

뒷전에 밀려난
못난이 화분 하나를 사랑하기로 했다.

숫자로 본 당신과 나는

10월에는
둥글고 향기로운 국화로 핀
당신 모습에 황홀했고

11월에는
둘이 나란히 손잡고 인생길
정답게 걸을 수 있어서 행복하고

12월에는
휘어진 내 허리를
당신 지팡이로 쓰시게

1월에는
내가 바람이 되어
혼자 걷는 그대의 등 뒤를 밀어줄게요…

행복한 잠실본동

지구촌의 함성
88 올림픽 평화의 축제
오륜기가 펄럭이고

2002 월드컵의
꿈이 이루어진 곳

잠실벌의 전통이
살아있고
사랑과 복지가 넘쳐나며
행복이 살아있는 곳

주민들의 꿈이 이루어지고
배려와 복지가 꽃피며
사랑이 넘치는 곳

공무원의
친절과 봉사의 손길이
주민들의 행복을 꽃피우는 잠실본동

단풍처럼 물들고 싶다

언덕길 넘어온 가을바람이
중년 여인의 고운 목덜미를 지나
희끗한 귀밑머리 날리며 들길을 나선다

단풍길 나선 여인의 가슴도
오곡 무르익은 가을처럼
풍성하고 넉넉하다

엉덩이 맨살 드러낸
누런 호박의 아찔한 수줍음에
가을 단풍은 붉게 물들고

따가운 가을 햇살 품고
탐스럽게 익은 빨간 고추밭에
고추 따는 여인의 두 볼은 더 붉고 곱다

가을빛에 물든 시월의 단풍 길 따라
거친 손 꼭 잡고
황혼길 걷는 노부부의 가슴도
단풍처럼 곱게 물들고 싶다

첫 경험

탯줄로 엄마 먹고 자란 열 달
탯줄 자르고
엄마 가슴 파먹고 본 세상은
놀랍고 신비로웠다

세 살에 아버지 잃은 슬픔을 알았고
그해 6월에 전쟁의 포화에 떨었던 피난길에
보릿고개의 배고픔도 알았으니
너무 잔인한 세 살짜리 첫 경험인가

초등학교 짝꿍 순이를 향한 짝사랑
신혼여행 첫날밤의 놀라운 황홀감
분만실 첫 딸아이 울음소리
나에겐 황홀한 첫 경험도 있었답니다

석양이 물들던 어느 날
육십 돌 잔칫상 앞에서 왜 울대가 먹먹했는지
칠순 밥상 앞에서는 왜 또 소맷귀를 적셨는지
석양 길에 수놓인 또 다른 첫 경험은
아픔보다 기쁨의 꽃이기를…

시월의 기도

옥색 물감 흩뿌린 하늘의 유혹에
사립을 활짝 열어젖히고
황금물결 넘실대는 들길을 나서면

어둡던 가슴은 에메랄드빛으로 물들고
길섶에 눈웃음 짓는 들국화의 입술에 입맞춤하며
짜릿한 향기에 취한 시월이게 하소서

외로움에 텅 빈 품속에
빛깔 고운 튼실한 땀방울의 열매 알알이 품고
뿌듯한 마음 분출하는 가을이게 하소서

한여름 태양의 열정을 불태워서
탐스럽게 익힌 열매처럼
살아온 가지마다 알알이 맺은 소망이
붉은 석양처럼 곱게 익어가는 시월이게 하소서

곳간에 묵은 욕심 보따리를 낱낱이 풀어 헤쳐서
시린 손과 외로움에 떨고 있는 이웃에게
따뜻한 손과 마음 나눔하고
감사의 기도하는 넉넉한 시월이게 하소서

임이 오신다면

처마 끝에 내리는 빗방울의 속삭임
비 오는 날 다시 오마
떠난 임 기다리는 활짝 열린 사립문

사랑방 미닫이를 바다처럼 열어 놓고
댓돌 위에 외짝 짚신
밤새워 울고 있네

임 마중 나간 여인
이마에 손 얹고 밤새워 임 기다리다
빗물에 흠뻑 젖은 모시 적삼
살빛에 물들어서 꽃잎처럼 곱구나

비 오는 날에 임이 오신다면
안마당엔 동그라미 님의 얼굴
빗방울로 그려 놓고
밤새워 님 기다리다 몸살 난들 어떠리

비야 내려라
내일도 내려라
떠난 임이 오신다면

비가 내리면

봄비 속삭이는 귓속말에
살며시 사립 열고 봄 길 나서보니
뾰족이 내민 새싹 부리에 단비 젖 물려 놓고
버들개지 솜털에 구슬방울 맺히네

울부짖는 여름 하늘
쏟아지는 소나기는
어머니 무덤 앞에 울고 있는 나에게
밤새 흘린 눈물 씻어주마
등 두드리며 달래 주네

엷은 햇살 가을빛 물든 들녘
임 그리는 가을비 처마 끝에 소곤대니
울 넘어 손길 내민 곱게 물든 잎새마다
봄비에 맺은 사랑 가을비로 그려 낸다

섣달그믐날 밤
고드름 타고 내린 겨울비는
묵은 아픔 달래 놓고 새해 새 꿈 부르는
마중물이 된다

비야 내려라
밤새도록 내려라
아픈 가슴 달래 놓고 새 꿈이 꽃 핀다면

하나인가 보다

네가 미소 지으면
온 세상이 기쁨이다

네가 노래를 부르면
나는 어깨춤이 절로 나온다

네가 눈물을 흘리면
나는 가슴으로 운다

네가 내 꿈을 꾸는 날이면
나는 꿈 동산에서 너를 만난다

네가 꽃밭을 걸으면
나는 작은 꽃이 되니

결국
너와 나는
하나인가 보다.

두려워하지 말라

넘어지면
땅을 짚고 일어서라

반딧불 모아 등불 만들고
별빛 모아 은하수를 이루듯

실패와 노력이 쌓이면
꿈을 이룰 수 있으며

두려움을 즐기면
더 큰 기쁨을 얻을 것이니
두려워하지 말라

두려움의 다리를 건너면
꽃길이 펼쳐지니

그것이
성공으로 가는 지름길이다.

너를 향한 사랑이다

꽃잎처럼 고운 너의 모습
눈빛만이라도 보고 싶다

네가 짓는 꽃 미소
그림자라도 보고 싶다

너의 자지러지는 웃음소리
메아리라도 듣고 싶다

너의 가슴으로 앓는 아픔
내 마음에 담아 두고

너의 슬픈 눈물을
내 가슴으로 흘리련다

이것이
나의 간절함이요
너를 향한 사랑이다.

2부 당신의 접시꽃

당신의 접시꽃

빛바랜 시래기 반찬 껄끄러운
보리 개떡이라도 당신이 드신다면
당신의 접시가 될래요

풍파에 부대끼고 뒹굴다 부딪쳐서
이 빠지고 금이 가도
당신의 접시가 될래요

싫다고 돌아서며 이별주를 드신다면
술안주 가득 담은
당신의 접시가 될래요

접시꽃 곱게 꽂고 토담 길 돌아서던
쓰린 아픔 담아둔
당신의 접시가 될래요

아득히 멀어져 간 임의 목소리
희미하게 지워진 사랑의 흔적
미움이 타버린 사랑의 잿더미
소중히 담아둔 접시랍니다.

혼자일 때가 더 아름답다

마음이 쓸쓸하여 들길을 나서면
길가에 무리 지어 핀 꽃보다
외롭게 핀 한 송이 들꽃이 더 아름답듯이

그리움이 파도처럼 밀려오는 해변을 걸으면
해수욕을 즐기는 뭇사람들보다
사색하며 외로이 걷는 여인의 모습이 더 아름답다

마음이 주체할 수 없이 외로울 때
나도 모르게 너의 집 앞을 지나면
기도하는 너의 모습이 더 아름답고

네가 그리워 길을 나서면
길가에 핀 들꽃보다
혼자 걷는 네가 더 아름답구나!

접 시 꽃

엄마, 오늘이 무슨 날이에요
접시에 반찬이 많네요
응 오늘이 네 생일이야

엄마 오늘이 무슨 날이에요
접시에 반찬이 맛있네요
응, 오늘이 너 입학 날이야

엄마, 오늘이 무슨 날이에요
접시에 자장면과 단무지가
응, 오늘이 너 졸업 날이야

어머니, 오늘이 무슨 날이에요
접시에 대추가 놓였네요
응, 너 결혼 날이야

어머니, 오늘이 무슨 날이에요
접시에 연필이 놓였네요
응, 너 아기 첫돌이야

어머니, 오늘이 무슨 날이에요
접시에 반찬이 싱겁네요
응, 오늘이 나 떠나는 날이야.

바람이고 싶어라

내가 바람이 되어
그대 이마에 영근 땀 씻어 주고
가녀린 목덜미 고운 선 따라
귀밑머리 올올이 날려주리
내가 봄바람 되어
흐르는 샛별 빛 한 아름 안고
그대 방 창가에 서서
봄 마중 나가자고 속삭여 주리

내가 바람이라면
동구 밖 돌아서는 임의 옷고름
긴 머리 주름치마 나부끼면서
핑크색 손수건도 흔들어 주리

내가 봄바람이라면
벚꽃 흐드러진 호숫가에서
꽃길 나선 그대 앞길에
눈 벚꽃 한 아름 뿌려주리

자네 지금도 그리운가

봄 햇살 안고 봄 길 나서보시게
햇살에 봄 입김 불어 넣은 바람이
꽃길 내닫는 단발머리 소녀
가녀린 어깨를 지나 윤기 나는 귀밑머리
살며시 날리는가

자네 지금도 고향이 그리운가
초등학교 1학년 하굣길
솜털 난 순이 손가락에
제비꽃 반지 끼워주던
그 언덕이 그리운가

자네 아직도 첫사랑이 그리운가
귀밑머리 찰랑이던 단발머리 내 짝 순이
봄눈 녹은 시린 물 흐르던 냇가
빨간 맨발로 어부바 순이 업고 건넜던
그땐 왜 말 못 했을까

자네 지금도 그때가 그리운가
봄 언덕에 추억이 아지랑이 되어 피어나거든
먼저 나선 세월 따라 봄 길 떠나보시게

자네 그곳에 그리운
첫사랑이 있을 걸세

어쩌면 좋으냐

쪽빛 하늘 깊은 한숨에
시린 옆구리 노란 봄빛에
포근히 데우려 봄 길을 나선다

아지랑이 허리 닮아 가늘게 걸어간 꽃길 따라
봄빛 양산 비껴쓰고 봄 길 나선 가녀린 여인의 허리
애써 흔들지 않아도 길손의 눈길이 머문다

언덕을 달려온 바람에 춤추는 벚꽃
봄처럼 손짓하던 중년의 가슴이
아픈 세월만큼이나 슬프게 저려온다

흰머리 매만지며 슬퍼하지 말라
주름살 깊다고 애태우지 말라
이 또한 그대 탓이 아닌 것을

바람처럼 달려온 칠순 인생 고갯길
다정한 들꽃과 여인의 향기에
지금도 울렁이는 가슴을
어쩌면 좋으냐

내 이름은 오빠야

오빠야 속에는
피라미 거슬러 오르는 개나리 물든 냇가에
노랗게 흐르던 개울물이 있다

오빠야 속에는
볼우물 깊게 팬 수줍은 두 볼에
볼그레한 복사꽃 피어나던 누이가 있다

내 이름은 오빠야
진달래 꽃물 뚝뚝 떨어지던 고갯길에는
애절하게 부르며 시집가던 누이의
메아리가 있다

오빠야 속에는
다정도 있고 사랑도 있고
그리움도 있다.

비 오는 날의 수채화

나는 비 오는 날이 좋다
댓돌 위에 흰 고무신 두 짝
속삭이게 나란히 벗어 두고
널찍한 마당 캠퍼스엔 빗방울 컴퍼스로
온종일 원을 그리게 두자

봄비 오는 소리는 정겹다
빗방울 머금은 봄꽃은
손수건이 없어도 좋고
빗방울에 신바람 난 꽃잎들의
춤사위가 더한층 흥겹다

비 오는 날엔 여닫이 안방 문을
사내 가슴처럼 열어젖히고
선뜻 내어준 내 무릎 베고
빗소리에 곤히 낮잠 든
아내의 귓불이 곱다

비 오는 날은 행복하다
안방엔 비 피할 지붕도 있고
무릎 잠 깬 아내가 내어 준
막걸리에 파전이 고맙다.

바람난 벚꽃

처자 가슴 꼬드기는 봄바람 땜시
얌전하던 벚꽃 처자들 석촌호수에도 진해에도
봄바람 난 꼬라지들 좀 보소

겨우내 땅속에 틀어박혀
밤낮으로 잠만 퍼질러 자던 것들이
봄바람에 울렁증이 생겨 바람 따라 가출했나 봐

봄바람 총각 놈들 겨우내 벚나무 가지를
못살게 흔들어 대니 견딜 재주가 있어야제
가슴에 바람 든 벚꽃 년들이
잠자리 날개 같은 얇디얇은 속곳만 걸친 채로
봄바람 따라 다 나왔네 그려 아이고 남사스럽네

바람난 처자들이 연분홍 속치마를
마구 흔들어 대니 봄바람 총각들이
찧고 까불고 난리가 났네

이것들아 너무 찧고 까불지 말어
심술쟁이 봄비가 한바탕 심술부리면
느그들 달콤한 사랑도 끝장난당께

사랑하기 때문입니다 1

꽃이 아름다운 것은 당신이 꽃이기 때문이요
봄 하늘이 곱고 맑은 것은
당신의 눈동자를 닮았기 때문입니다

봄 햇살이 따사로운 양지바른 언덕에
두견화 꽃잎이 붉게 물든 것은
한 맺힌 두견새가 피를 토하듯
지금도 당신을 사랑하기 때문입니다

꽃잎을 매만지며 눈물짓는 것은
슬픈 사랑을 가슴에 품고 있기 때문이요
꽃잎에 입맞춤하는 뜻은 그대의 입술이
꽃잎이기 때문입니다

은하수 잔잔히 흐르는 밤에
창가에서 떠난 임을 애타게 그리워하듯
사랑이 미움 되어 돌아서는 뜻은
다시 또 만나자는 약속입니다

백발 귀밑머리 매만지는 뜻은
옛사랑의 불씨가 남아 있음이요
잿불이 산불 되어 붉게 타오르는 뜻은
지금도 당신을 사랑하기 때문입니다.

손가락 끝에 눈이 달려 있다면

손가락 끝에 눈이 달려 있다면
키 큰 아저씨 가랑이 사이로 약장수 구경도 하고
우등생 시험 답안지도 훔쳐보고
문틈으로 신혼 방도 몰래 볼 텐데

손가락 끝에 달린 눈으로
문풍지 친구 되어
고이 잠든 당신 모습
눈썹이 희도록 지켜보련만

손가락 끝에 눈이 달려 있다면
파란 하늘도 올라가 보고
새털구름도 만져보고
큰 키 미루나무 친구도 될 텐데

손끝에 달린 눈으로
별 같이 반짝이는 당신 눈에 눈 맞춤하고
높디높은 당신 마음 한 아름 따다
내 품에 고이 품고 고운 꿈꾸련만

사랑의 색깔

구구구 암비둘기 유혹하는 수비둘기
돌멩이 입에 물고 헛수작 부리지만
모른 체 새침 떼며 돌아서는 암비둘기
사랑한다는 구구 소리 어찌 모르랴

칼바람 매서운 북한산 바위틈에
파랗게 피어난 제비꽃 한 송이
다시 오마 떠난 임이 행여나 다시 올까
엄동설한 긴긴밤 기다림에 멍들었나

보고 또 보고 다시 또 보아도
그립고 아쉬운 게 사랑이런가
주고 또 주어도 또 주고 싶은
애절한 마음이 사랑이런가

뒷산에 진달래는 왜 저리 붉은가
우물가에 앵두는 또 왜 그리 붉은가
열아홉 살 처녀 볼은 왜 또 붉은가
사랑의 씨앗은 왜 붉은색인가

오월이면 밤새 임 몰래 숨죽이며 기어올라
그리운 임의 담장 녹색 치마로 휘감더니
오월의 붉은 장미도 사랑 품은 가슴인가?

아침고요 수목원

무겁게 내려앉은 산속 늙은 산새 헛기침에
혼비백산 무거운 족쇄 끌고 고개 넘어 사라진 이른 아침
휘어진 길목 어귀에 얼굴 큰 모란꽃에
풀 죽은 작약꽃이 남긴 야무진 한마디
더 붉고 큰 얼굴로 돌아오리라

아침고요 수목원에 꽃잎의 미소
침엽수가 내뿜는 피톤치드는
꽃밭에 잠든 당신의 숨결입니다
이른 아침 찬 이슬 품은
요염한 입술에서 피어나는 흑장미 향기는
달콤한 당신의 체취입니다

활짝 펼친 수련 잎의 열두 폭 치마는
사랑 품은 당신의 넓은 마음이요
물레방아 쉼 없이 도는 까닭은
당신을 맴도는 나의 심장입니다

폭포수 절경 위에 내려앉은 일곱 빛깔 무지개
꽃잎 되어 춤추는 오색나비 날갯짓은
당신을 향해 흔드는 나의 손수건입니다.

청와대 관람

송림 속 궁궐 안 봉황의 위엄
오천만 권력의 초점(焦點)
국민 일꾼의 일터와 침실의 화려함
황금 송(黃金松)의 충성스러운 자태

차라리 궁궐이라 불러라
경복궁 근정전 용 머리는
청기와 집 주인 봉황의 위세에
고개 숙였으리라

민초의 신음 들렸을까
아픔의 눈물을 보았을까
밀린 월세에 폐지 줍는 노인의
휜 허리 통증을 느꼈을까

궁궐의 참회를 보았고 줄 선 민심의 아픔도
부러움 속에 서린 원망의 눈빛도
손님 떠난 영빈관의 허세까지 보았다
춘추관을 탈출한 언론의 정직성을 기대한다

지난 세월 아픔의 긴 그림자 접어 두고
새 세상 등불 밝히고 다 함께 청와대의 주인이 되어
녹지원 잔디밭에 희망의 씨앗을 심으련다.

아내의 얼굴

아내가 밥상을 차리면
엄마 얼굴 닮았다

아내가 아픈 머리 짚어 줄 때도
엄마 같다

아내가 상처를 치료해 주면
큰 누나 같다

아내가 수줍어하면
여동생 같다

아내와 함께 걸으면
친구 같다

아내가 꽃 미소 지으면
연인 같다

아내와 거친 손 마주 잡고
눈 맞춤하면
아내 같다.

제목 : 아내의 얼굴
시낭송 : 박영애
스마트폰으로 QR 코드를 스캔하면
시낭송을 감상할 수 있습니다

너 없는 세상

푸른 숲길 맑은 공기 마시며
나 혼자 걸어 외롭다

예쁜 꽃길 잔잔한 호숫가에서
혼자 앉아 쓸쓸하다

진수성찬 차려 놓고
너 없어 눈물 난다

밤하늘 반짝이는 별 밭에서
너 없어 외면한다

새벽 창문 두드리는
샛별 미소 바라보니
사랑 없어 슬프다

너 없는 세상이라면
차라리
말없이 돌아가리라.

더 늦기 전에

너무 오래 머물지 말고
너무 애태우지 말고
잰걸음으로 오너라. 꽃잎아

너를 잊기 전에
멍든 가슴 도려내기 전에
발길 재촉하여 오너라. 꽃님아

그리움이 심해(深海)처럼
깊은 멍들기 전에
애간장 끊어 시들기 전에
웃어 다오. 나에게

내가 꽃잎 되고
너는 꽃송이 되어
가슴에 향기 품고
미소 짓자. 내 임아

꽃 미소 머금고
벌 나비 날개 밑에
꽃베개 곱게 베고
너의 꿈 꾸고 싶다. 사랑아

꽃님아

걷고 싶다
너와 함께 꽃향기 진한 꽃길을

사색하고 싶다
너의 등에 기대어

바라보고 싶다
너의 동공에 그려진 꽃밭을

뛰놀고 싶다
네가 꿈꾸는 세상에서

사랑하고 싶다
너의 꿈마저

잠들고 싶다
너의 꽃그늘에서

다시 태어나면
한 송이 꽃이 되어
너와 함께 피고 싶다 꽃님아

내 안에 있는 너

뜨거운 햇빛 내려앉은 창가에
뽀얀 속살 드러낸 백합꽃을 보면
사랑한다는 말 끝내 머금고 떠난
볼우물 깊은 너의 미소가 애달프다

남몰래 품어주고 떠난
장미 향기 따라
유월의 들길을 나서면
향긋한 꽃향기가 너의 체취여서 그립다

가을바람 소슬한 들녘 저만치
고운 손짓하는 코스모스의 가녀린 허리
하염없이 물결치는 너의 춤사위가 슬프다

가슴 시린 찬바람 안고 선
큰 키 솟대처럼
긴 목 빼고 기다리는 나는
끝내 네가 된다

네가 나를 그리워하면 나도 네가 그립고
너의 가슴 저리면 내 가슴도 저리다
네가 슬프면 나는 더 슬퍼지니
결국 내 안에 네가 있나 보다.

무인도가 되어

보고 싶어도 보고 싶다
말하지 못한다
그대가 더 아파할까 봐

그리워도 그립다고
말하지 못한다
이별의 상처가 더 깊어질까 봐

그대 집 앞을 지나면서
마지막으로 한 번만 얼굴 보자 말하지 못한다
그대 가슴에 파도가 더 커질까 봐

지금도 사랑한다 밤새 쓴 편지
그대에게 보내지 못한다
아물던 상처가 다시 덧날까 봐

사랑하는 그대를 저만치 두고
나 혼자 외로이 떠 있는
삭막한 무인도가 되어

그대를 위하여 차라리
멀리서 말없이 바라만 보리라
내 영혼이 사라질 때까지

3부 쑥 뜯어 오던 날

사랑하기 때문일까

미운 사람 떠난 길
뒤돌아보고

잊어야 할 사람
못 잊어 긴 밤 지새우고

뿌리치고 떠난 사람
그리움에 몸부림치며

사랑해선 안 될 사람 두고
왜 애태우나

차라리 내가 먼저
돌아설 것을
모질지 못한 까닭은

지금도
사랑하기 때문일까?

차라리 미워해다오

미소 짓지 말아 다오
눈물이 더 나니까

달래지나 말아 다오
더 아프니까

손잡지 말아 다오
더 떨리니까

안아주지 말아 다오
가슴이 터질 것 같으니까

봄 동산에 꽃도 피우지 말아 다오
사랑이 너무 아프니까
차라리
미워해다오
눈물이나 나지 않게

그래서 네가 좋다

꽃보다 고운 것이
너의 얼굴이고

꽃잎보다 부드러운 것이
너의 손길이며

장미 향기보다 진한 것이
너의 향기다

앵두보다 더 붉은 것이
너의 입술이고

하늘보다 파란 것이
너의 눈동자며

빗물보다 슬픈 것이
너의 눈물이다

사랑보다 깊은 곳에
네가 있기에

그래서
나는 너를 좋아하나 보다.

참 서럽구나

초등학교 새 학년 개학 첫날
가정환경 조사할 때
아빠 없는 아이 손 들고
그날은 참 서러웠다

창문 없는 지하 월세방
연탄재 구멍의 싸늘한 냉기
밀린 월세 독촉에
애꿎은 가계부만 팽개치며
울대 잡고 울음 삼켰다

서른 넘어
매화꽃 가지마다 사랑 터지던 봄날
사내 이름 적힌 그녀의 청첩장 받고
사시나무처럼 떨던 날도
삶이 슬프고 고달픔에 저리던 날
그날도 빗물처럼 서럽더라

아지랑이 자지러지던 춘삼월
내 그림자 길게 누운 언덕길에서
매화꽃 미소가 저리 아픈 것은
손 내미는 석양의 이별 인사 때문일까
오늘도 참 서럽구나!

길을 가다가

길을 가다가
갈림길이 나오면
너의 마음 머문 곳으로 간다

들길을 가다가
들꽃이 피었으면
네가 핀 꽃 길 따라간다

또다시
갈림길이 나오면
너의 향기 실어 오는 바람 따라간다

봄 길을 걷다가
파란 하늘 바라보면
너의 얼굴 그려진 구름 따라간다

가을 길 걷다가
단풍 길 나오면
너의 사랑 곱게 물든 단풍 따라간다

인생 소풍 가는 길에
지치고 힘이 들면
너의 꽃그늘에서 오래 쉬고 싶다

사랑 방정식

너와 나는 사랑 공원에서
시소를 탄다
나는 너를 위해
낮아지고

너도 나를 위해
낮아진다

나는 낮아져서
행복하고

너도 낮아져서
행복하니

우리는
낮아지면 행복하고
높여주고 더 행복한 사랑이다

하얀 꽃잎

어렴풋이 새벽잠 깬 창가에
밤새 문고리 잡고 애걸하는 하얀 손
빨갛게 물든 사랑 뿌리치던 임이
하얀 꽃잎 되어 달빛 타고 온 당신

농익은 사랑 눈물로 표백하고
뿌리치던 손 모아 달빛 받아 기도하고
그리움에 부서지는 별빛 되어
차마 말하지 못한 아픔

너무 타서 하얀 재가 되고
타버린 영혼이 꽃잎 되어
달빛 젖은 창가에서
아픈 고통 삼키는구나

임아
아파하지 말아요
달빛 타고 온 하얀 꽃잎 된 당신
내 마음도 하얀 꽃잎이랍니다.

그냥 좋다

친구야
나는 냇물이 참 좋다
목소리가 맑아서

친구야
나는 봄꽃도 참 좋다
미소가 고와서

친구야
나는 봄바람이 참 좋다
마음이 포근해서

친구야
나는 봄비도 참 좋다
눈물이 많아서

친구야
나는 네가 참 좋다
왜
　몰라
　　그냥

사랑은 시간이 필요해

벚순이 울며 떠난 꽃자리에
빨간 입술 뾰족이 내밀며
미소 짓는 너
너는 누구시길래

품지도 못한 벚순이 사랑
울고 떠난 진자리에
빨간 가슴 내밀면
아픈 눈물은 어쩌란 말이냐

철순아
진 자리 말려 놓고
냉가슴도 데워 놓고
나는 시간이 필요해

사랑은 변하는 거라지만
빨간 가슴 보듬고
기다릴 순 없겠니
사랑은 그런 게 아니란다

사랑은 시간이 필요해
철순아

*벚순이: 벚꽃
*철순이: 철쭉꽃

인생길

뙤약볕 깔딱 고갯길
가시밭길 험하여 지쳐 쓰러지면
내가 당신의 지팡이가 되어 줄게요

머리 짐이 무거워 힘에 겨우면
그 짐 내려 나를 주오
내가 등짐 지고 손잡고 함께 갈게요

실타래처럼 얽힌 사연이 힘이 들면
등잔불 아래 긴 밤 지새우며
올올이 풀어 줄게요

가슴에 맺힌 사연이 눈물 되어 앞을 가리면
밤새워 들어주고
흐르는 눈물 닦아 줄게요

그대여
아지랑이 속삭이는 봄날
노랑나비 되어 꽃길 따라 날아갈 때

내가 봄바람 되어
당신 날개 밑에서
훨훨 날아가게 솔솔 불어줄게요.

나를 잊지 마세요

사랑보다 그윽하고 달콤한 향기 품은 너에게
소중히 간직한 내 마음 꽃바람에 실어 보낸다

보고 싶다 그립다는 말로는
다 하지 못하는 안타까움에
당신 마음 그려 놓은 더 고운 말은 없나요

흔하디흔한 사랑이란 말로는
아쉽고 부족한데
사랑보다 더 간절하고 소중한 당신

영롱한 새벽이슬 속에 맑고 순수 담은
사랑보다 고귀한 모습 보랏빛으로 피어난 당신

당신 이름은 물망초
떠날 때 남긴 말 한마디

나를 잊지 마세요.

누이

각시방 횃보처럼 철쭉꽃 물들던 4월
다래끼 메고 봄나물 캐러 들길 나선

누이의 가냘픈 노랫소리가
실바람에 실려와 귓전을 맴돈다

앞 뒷산 소쩍새 애절한 울음소리가
슬픈 누이 닮았구나

봄 햇살 간지럼에 엄마 찾는 병아리
샛노란 주둥이로 불러 대던 엄마 노래

버들개지 솜털 씻은
버들붕어 놀던 개울 물에

오이씨 발 담그고 송사리 떼 간지럼에
자지러지던 누이

볼우물이 깊게 팬 곱던 누이
진달래 곱게 꽂고 시집가던 고갯길에
누이의 봄소식은 어디쯤 오고 있을까?

이팝꽃비 내리는 날

소담스러운 이팝꽃
주저리주저리 흐드러진 호숫가에서
떠난 임 기다리며
가슴 여민 우산 속 여인

봄비에 입맞춤하는 버들붕어 입질로
동그랗게 그려 놓은 얼굴들이
물결로 풀어놓는 사랑 이야기

시샘하는 봄비에
이팝꽃은 꽃비로 눈물짓고
꽃샘바람 질투심에
여인은 가슴으로 눈물짓는데

이팝꽃 고운 향기
호수 위에 일렁이던 날
꽃향기 맡으며 떠난 임은
언제 다시 꽃길 따라오시려나

이팝꽃비 내리는 날
여인은
오늘도 기다리는데

오월의 여인

금싸라기 햇살 쏟아지는 날
녹색 물결을 가슴으로 타고
윤기 나는 삼단 머리 날리며
임 마중 꽃길 나선 여인아

장미꽃 봉오리는 광야에 보듬은 채
아직은 활짝 피지 않아도 좋다
무지개 머리띠 단장한 언덕길 따라
그 임만 오시면 그만인 것을

파란 은하수 별빛 부서지는 밤에
새벽잠 깬 여인의 창가에
사랑 노래 부르며 꽃향기 품고 오신 임이
오월, 당신이어서 참 좋다

사랑하기 위해 오신 임
넓고 푸른 광야에 녹색 가슴 펼쳐 놓고
백만 송이 장미꽃 아름 주신다면

나는
오월의 여인이고 싶다.

쑥 뜯어 오던 날

외가댁 가는 고갯마루 길목에
조팝꽃 밥상 푸짐하게 차려 놓고
종다리는 청보리밭 맴돌며 슬피 울던 오월
엄마 따라 쑥 보따리 한 짐 지고
허기진 배로 고갯길 넘던 소년이
아내 따라 쑥 보따리 한 차 싣고
자동차로 질주하는 노인이 되었네

멀건 쑥죽으로 연명하며
힘겹게 넘던 보릿고개를
쌀밥에 고깃국 외식하고
승용차 타고 콧노래 부르며 돌아왔네

굶던 배는 포식하고 쑥죽이 쑥떡 되고
지게가 승용차 되고 고갯길이 고속도로 된 세상
검정 머리 코흘리개가 흰머리 노인 되어
엄마 따라갔던 소년이 아내 따라다녀 왔네

비췻빛 물감 풀어놓은 들길 따라
뽀얗게 살찐 쑥 안고 왔을 뿐인데
나는 어쩌면 좋으냐 조팝꽃 흐드러진 오월
엄마 따라 보릿고개 넘던 길
지금도 그 길을 걷고 싶구나

여보게 친구야

버들피리 꺾어 불며 다래끼 둘러메고
엄마 따라 냇물 건너 밭일 가던 날
땔감 나무 앞산처럼 지게 진 옆집 아재
앞장세운 황소 녀석
예쁜 암소 지나가면 좋다고 윗입술 쳐들고
웃던 꼴 기억나는가?

옆집 아지매
쑥 한 보따리 뜯어 이고
물살 센 냇물 힘겹게 건너는데
아슬아슬 허리춤에 업힌 영구 녀석 보소

잘 익은 옥수수자루 같은 아지매 젖가슴
퉁퉁 불어 덜렁대는데
등에 업힌 코흘리개 영구 녀석
한 손 뻗어 까만 젖통 용케도 휘어잡고
맛도 좋아 쩝쩝 빨던 모습 생각나는가?

영구 녀석 두 가닥 누런 코
석양빛에 반사되어
황금처럼 빛나더라
여보게 친구야
그 세월이 꿈속처럼 그립구나

* 아재: 아저씨의 경상도 방언
* 아지매: 아주머니의 경상도 방언

오월

아침 햇살에 눈웃음 지으며
붉게 피어나는 머리카락
샘솟는 열정과 청순함이 빛나는 당신

우렁찬 함성에
믿음과 소망과
따뜻한 사랑으로 피어나는
당신이어서 좋다

녹색 치맛자락 펼쳐 놓고
붉게 타는 태양을 가슴에 안고
펄럭이는 붉은 목도리에
정렬이 샘솟는 그대가 좋다

싱그러운 녹색 물결
파도치는 산등성이 따라
가장 조화로운
녹색의 하모니가 펄럭이는 당신

오늘도
평화롭고 아름다운 미소에
사랑이 넘치는 그대의 이름이
오월이어서 더 좋다.

제목 : 오월
시낭송 : 박영애
스마트폰으로 QR 코드를 스캔하면
시낭송을 감상할 수 있습니다

부부 사이

하나에서 하나를 더하면
둘이지만
당신에다 나를 더하면
하나입니다

칼로 무를 베면
잘도 베어지지만
칼로 물을 베면
벨 수가 없듯이

당신과 내가 맺은
부부의 인연은
둘이 하나 되어
벨 수가 없답니다

측은지심으로 마주 보는
눈가에 맺힌 눈물은
보석처럼 변치 않을 사랑이기에

사랑으로 하나 되는
당신과 나는
영원히 변치 않을 부부입니다.

산정호수의 아침

솔향기 향긋하게 피어나는
명성산 깊은 품속
산새도 포근한 안개 이불 덮고
늦잠 든 산정호수

극성맞은 손님맞이에 지친 둘레길도
물침대에 길게 늘어져서 깨어날 줄 모르는데
문인들이 피워 놓은 시화들의 향기는
밤새워 정담을 나누는구나

가슴으로 만나 사랑으로 지켜온 약속
사파이어 보석처럼 단단히 손잡고
한 세월 살아온 노부부는
명성산 이슬 담은 호수처럼 거기 서 있다

산허리 넘어온 아침 햇살은
반짝이는 윤슬로 미소 짓고
잔잔한 호수가 그린 명성산 물 그림은
그리움처럼 일렁이는데

노부부의 행복을 위하여 불러주는
산새들의 합창은 노송이 그려 놓은 산길 따라
찬란한 석양 되어 고갯길을 넘는다

길

열정으로
외나무다리를 놓고
실패로 길을 다져서

두려움을 건너는
다리를 지어
길을 넓혀 나가면

성공은
당신 몫이다

* 2023. 6. 18 짧은 시 짓기 은상 수상작

4부 인생 열차

친구야

내 눈 안에 너의 얼굴 그려 두었다
내 가슴에 너의 모습 품고 있다
네 생각에 어젯밤을 하얗게 분칠했단다

방광산이 진달래로 화장하던 날
등굣길에 검정 고무신 코가 찢어졌어도
십 오리 신작로 자갈길 맨발이면 어때

난로 위에 우정으로 데운 도시락
고추장 넣고 멀미 나게 흔들어 비벼서
콧잔등에 땀 나게 호호 먹던 점심밥

주먹만 한 고무공 따라
예순 명이 숨차게 내달렸던 점심시간 축구 경기
두 가닥 누런 코 훌쩍이던 얼굴들
자네는 벌써 잊었는가

친구야, 단발머리는 집에 두고 왔나
빡빡머리 기계충이 더 정다운데
응 이건 도장밥 자리야

그래, 우리 우정 마음에 품어 왔네
너의 마음도 가슴에 담아 왔네

*기계충 도장밥: 머리에 나는 피부병의 방언
*방광산: 경북 청송군 청송읍에 위치한 산 이름

어쩌란 말이냐

한여름 따가운 사랑에 익은 단풍잎이
옥색 하늘에 빨간 별을 수놓을 때
임 생각에 단풍처럼 가슴 태워서 어쩌란 말이냐

석양 안고 떠난 임의 빈자리
가슴앓이 굽이굽이 굴곡진 사연
한아름 품어서 어쩌란 말이냐

쓰린 가슴처럼 타버린 까만 밤에
꺼억 꺼억 고요 찢으며 슬피 운 울음소리
메아리가 되어 돌아오면 어쩌면 좋으냐

떠난 임 해묵은 사랑 잘 가라고 손짓하고
노숙자 아내의 빛바랜 이별 편지
읽고 또 읽어서 어쩌란 말이냐

열 손톱 하나하나 치자 물들여주던
볼우물 깊이 팬 꽃순이 이름
넋 놓고 긴긴밤 불러서 어쩌란 말이냐

밧줄로 묶어 둔 세월의 빈자리에
수양버들 치마처럼 긴 목 떨구며
한숨만 쉬어서 어쩌란 말이냐?

인생 열차

기적소리 역사(驛舍)를 진동하는 순간
급행열차가 선로에 미끄럼을 타고 들어온다
경로석으로 시선이 돌아가고
잽싸게 노란 시트에 몸을 던진다

꿈 많던 어린 시절이 어제인데
경로석에 앉은 나를 발견하고
화들짝 놀라 자리에서 벌떡 일어선다

석촌호수 단풍빛 물그림자 곱고
내 인생도 단풍처럼 익어가는데 왜 자꾸만
뒤돌아봐지는 것은 아쉬운 발자국 때문일까

봄 동산에 진달래처럼 물들었던 청춘
여름에는 사랑의 열매 맺었고
가을에는 튼실한 열매 익히듯
내가 익힌 열매는 어떤 모습일까

인생 열차 경로석에 몸을 싣고
종착역을 향해 달린다
서쪽 하늘 찬란한 석양 앞에선
내 인생은 어떤 색깔일까
오늘도 또 한 번 뒤돌아본다.

제목 : 인생 열차
시낭송 : 최명자
스마트폰으로 QR 코드를 스캔하면
시낭송을 감상할 수 있습니다

흔들림

외나무다리 위의 가슴 떨림
실패의 늪에서 발버둥 치듯
떠난 임을 향한 애절한 눈물인가

수술대 위 번쩍이는 칼날 앞에 두려움
배고픔 속에 방향 잃은 도덕성
바람에 중심 잃은 뒤웅박의 흔들림

희미한 과녁으로 날아가는 화살
화살 위에 앉은 나
조용히 가라앉고 싶다

차라리 눈을 감자
차라리 울 수만 있다면
차라리 잊을 수만 있다면

비 그친 후 옥색 하늘의 맑은 미소
흔들리는 밧줄 힘껏 잡고
낙락장송에 동아줄로
흔들리는 마음 단단히 묶어 두고
쌍무지개 뜨는 언덕으로 달려가리

노부부의 인생 이야기(카페에서)

성급한 칠월 한낮 찜통더위가
이마에서 등골을 타고 흘러내리는 해 질 녘
제 열기에 지친 석양도
서산 허리를 베고 하루를 접는다

젊은 연인들의 사랑 이야기가
잔잔한 물결처럼 흐르는 카페에서
소프라노 여자 가수의 고운 멜로디가
겨울 바다로 떠나가는데

석양빛 물든 노부부의 찻잔에
젊은 날의 사랑 이야기가 맴돌고
세월 속에 곱게 익혀온 행복 이야기가
은백색 귀밑 머릿결을 타고 흐른다

청춘의 열기로 뜨거워진 카페에는
한나절 애쓴 태양이 긴 그림자 뉘어 놓고
잔잔한 사랑도 익어 가는데

마주 앉은 노부부의 인생 이야기는
노을처럼 곱게 강물을 물들인다.

* 겨울 바다로 : 박영무 시, 김현옥 작곡

접시꽃 누나

누나
소꿉놀이하자
누나는 각시
나는 신랑
우리는 행복한 부부

여보
소꿉놀이해요
당신은 밥 짓고
나는 상 차리고
깨 볶는 냄새가 담장을 넘네

여보
소꿉놀이해요
흰 접시에 흰 케이크
빨간 접시에 빨간 케이크
생일 축하합니다

누나
소꿉놀이하자
접시꽃 단장하고 시집간 누나
소꿉 살림 마련하여 언제 오려나
목 빼고 기다리는 접시꽃 동생

당신의 거울이 되어

내가 거울이라면
깊은 잠 단꿈 꾸는 고운 미소
일기장에 소복이 담은 행복한 미소
임에게 보내는 편지 속에 피어나는 미소
당신의 미소를 보고 싶어요

내가 거울이라면
이른 아침잠에서 갓 깨어난
당신의 꾸밈없는 고운 민얼굴
출근길엔 못내 아쉬워
다시 또 미소 짓는 깜찍한 얼굴
당신의 모습을 한 번 더 보고 싶어요

내가 거울이라면
당신의 뒷머리도 손질해 주고
당신의 앞모습도 매만져 주고
당신의 주머니 속에서
언제나 당신을 아름답게 지켜 줄게요

내가 거울이라면
사랑하는 마음을 당신에게 보여주고
당신과 마주 보고 눈 맞춤하고
달콤한 입맞춤도 하고 싶어요.

석촌호수가 그린 물그림자

귀뚜라미 집 울타리 풀잎에
영롱히 맺힌 이슬방울
새벽이슬이 몰고 온 찬바람의 시림은
당신이 두고 간
가슴 시린 사랑입니다

불청객 돌림병에 타버린 가슴처럼
유난히도 붉게 탄 석촌호수 단풍잎은
당신과 내 가슴에 남은
붉은 아픔의 흔적입니다

오색물감 머금은 단풍잎 물그림은
당신을 기리는 거울이고요
세월이 흐를수록 검붉게 타는 단풍잎은
당신이 남겨둔 아픈 사랑의 상처입니다

가을바람에 출렁이는 물결 소리는
당신이 들려주던 사랑 노래요
나부끼는 단풍잎의 춤사위는
오솔길 돌아가던 당신의 치맛자락입니다.

당신의 우산이 되어

비바람 몰아치는 고갯마루
눈보라 흩날리는 새벽길에
슬픔이 눈비 되어 하염없이 내릴 때
나는 당신의 우산이 되고 싶어요

임과 함께 걷는 오솔길에서
폭풍우 쏟아지는 인생길에서
그대의 눈물이 흐르면
눈물을 가려주는
우산이 되고 싶어요

세월의 아픔이 가슴으로 흘러내릴 때
쓰린 고통이 뼛속을 스며들 때
당신이 지쳐 쓰러진다면
비바람 막아주는 우산이 되어
손잡고 나란히 함께 가리라

사랑아
인생길 힘들면 이리 오세요
세상 빛이 따가울 땐 쉬어 가세요
당신을 위한 쉼터를 마련하는
나는 영원한 당신의 우산입니다.

시월의 마지막 날

붉은 화장 짙게 하고 사랑 노래 불러주며
물안개 깔아준 호숫가 단풍 숲
숲이 준 안개 덮고 늦잠 자는 호수 위에
아침 햇살 머금은 윤슬은 산산이 부서지고
호수가 흘린 이별의 눈물이 풀잎을 적신다

그대가 오시던 날 당신의 가슴은 초록이었지요
우리들의 사랑이 호수처럼 깊어 갈수록
시월의 마지막 날이 아픔으로 다가올수록
당신과 사랑은 더 붉게 물들었답니다

이제 떠나야 하는 당신 앞에
이별의 눈물로 물안개 붉게 물들이고
당신의 물그림자 곱게 그려 놓고
나는 호수가 되어 그대의 붉은 사랑
물결 속에 담으렵니다

오늘이 헤어져야 하는 시월의 마지막 날이지만
슬퍼하지 말아요. 눈물짓지 말아요
계절의 징검다리 네 발짝만 건너뛰면
그대는 녹색 옷 갈아입고 오시겠지요
당신의 붉은 사랑 물결 속에 고이 품고
시월의 마지막 날 나는 울지 않을래요.

호수에 뜬 달그림자

동녘 하늘에 뜨는 밝은 태양은
당신이 내 가슴에 심어준 희망의 빛이요
서산에 지는 붉은 석양은
내 가슴에 남겨둔 뜨거운 사랑입니다

가을바람에 흔들리는
가녀린 코스모스의 애달픈 춤사위는
당신이 주고 간 사랑의 물결이요
호수 물에 두고 간 초승달의 미소는
사슴 눈을 빼닮은 그대를 향한 그리움입니다

초여드렛날 밤 호수가 그린 반달 그림에
내 가슴에 뜬 반달로 채우렵니다
호수가 띄워 놓은 달 그림은
당신이 두고 간 가슴 저린 사랑입니다

늦가을 단풍 향기 짙은 호숫가에서
당신이 두고 간 그리움을 안고
달그림자 일렁이는 단풍길을 걸으며
깊어져 가는 가을을 따라갑니다.

올림픽 공원에서 맺은 사랑

하늘에 수놓은 단풍잎이 어찌 저리 예쁜가요
단풍이 저리 예쁜 것은 당신을 향한
나의 마음입니다

우리들의 만남이 단풍처럼 고운 것은
우리들의 가슴에 탐스럽게 익어가는
가을을 담았기 때문이지요

에메랄드 하늘 품은 호숫가에서
다정한 오리 한 쌍의 아침 식사는
고운 사랑 꿈꾸는 우리들의 바람입니다.

공원에 가득 찬 국화 향기는
노랗게 익은 사랑의 향기요
익어가는 우리들의 내음입니다.

하염없이 서 있는 학의 모습은
일편단심 나의 기다림이요
바람에 흔들리는 코스모스의 춤사위는
사랑 품은 당신의 치맛자락입니다

익어가는 우리 사랑
홍시처럼 달콤하게 익혀가요.

정말 모르겠다

나는 모르겠다
내가 너를 보고 싶어 하는지
그리워하는지 미워하는지를

정말 모르겠다
너를 생각할수록
미소가 번지고 말문이 막히는지
왜 갑자기 기도하고 싶은지를

그래도 모르겠다
온종일 너만 생각나는 이유를
가슴이 너무 저린 이유를
숨이 막히고 아무것도 할 수 없는 이유를

어찌해야 할지 정말 모르겠다
너에게 편지를 쓰고 꽃 선물을 해야 할지
아픈 마음을 고백해야 할지
답답한 가슴 안고 참아야만 하는 건지
꿈에서만 아프게 봐야 하는지를

그것이
너를 사랑하고 있기 때문일까?

친구야 가을이

친구야
황금파도 밀려오는 가을의 끝자락에
저녁노을 붉게 익은 풍성한 들녘에

넉넉한 엉덩이에 맨살 드러낸
고구마의 자지러지는
수줍음을 자네는 봤는가

친구야
그리움에 가슴이 저리거든
늦가을이 떠나기 전에
들길을 먼저 나서 보시게

머리 맞댄 초가집의 다정한 속삭임
숯덩이 눈썹 치켜세운
허수아비의 떡 벌린 어깨춤에서

떠나버린 님의
그리운 노래가
저린 가슴을 보듬어 줄걸세

가을이 다 가기 전에

친구야 외로움이 자네를 괴롭히거든
이 가을이 가기 전에
단풍 익은 둘레길을 나서 보시게

그 길엔 사내들의 시원한 너털웃음도
외로움을 보따리째 안고 나선
여인의 잘 익은 미소가
자네의 외로운 가슴을 보듬어 줄걸세

친구야, 그거 아는가
누렇게 익어버린 가을 길엔
찌든 가슴 씻어주는 대형 청정기도 있고
흐릿한 눈 밝혀주는 마음씨 좋은 안과 의원도
상처 입은 우울증을 치료하는
정신과 의사도 봉사 중이라는 것을

그래도 텅 빈 가슴의 아픔이 있거든.
설익은 자네 가슴 통째로 안고
또다시 가을 길 나서 보시게

가을빛에 붉게 익은 단풍 향기 맡으며
설익은 우리 인생 구수한 향기 나게
나와 함께 다정하게 익혀 보세 친구야.

그래도 기다릴래요

앞치마 훔친 손 이마 위에 올려놓고
실눈 뜨고 기다린 가슴 저린 임
뜨거운 사랑으로 가슴에 매듭 맺어 둔 임

때로는 복날처럼 가끔은 빗물처럼
뜨겁게 사랑하고 눈물 흘린 당신

사랑이 뜨거우면 양산을 쓰고
그리움이 빗물 되면 우산도 썼지요
채송화꽃 선물은 토담 위에 피워 놓고
접시꽃 아름 안고 함께 울었지요

유난히 눈물 많던 당신
떠나시는 징표도 눈물인가요
차라리 오시지나 말지
아픔만 주고 간 당신이지만

단풍으로 분칠한 가을의 유혹에도
엄동설한 칼바람이 위협해도
핑크색 입술에 고운 미소 머금은
봄바람이 손짓해도
나는 당신을 기다릴래요.

부끄러버예

아입니더 어데 예
고개 숙인 수줍음에
아이고 우야면 좋노
부끄러버예

열두 폭 치마 속에도
콩닥콩닥 가슴속에도
꼭꼭 숨겼지예
수줍어서 감췄지예
분홍빛 마음

아이고 우짜꼬 속마음 보여줘서
난 몰라예
두 볼도 뜨겁고 가슴도 뜨겁네예

내사마 참말로 억세게 부끄럽네예
빨간 두 볼 들켜 버려
우짜면 좋노
지는요 몰라예 부끄러버예.

사랑은 왜 움직이나요

하늘이 왜 저리 푸르고 높은가요
우리들의 꿈이 푸르고 높기 때문이지요

세월은 왜 잠시도 멈추지 않고 달리나요
세월이 멈추면 꿈시계가 멈추기 때문이지요

사랑은 왜 또 움직이나요
사랑이 멈추면 녹슬기 때문이지요

사랑에 녹이 슬면
미움이 되고

미움이 깊어지면
가슴이 아프니까요.

얼굴

그리운 얼굴은
오직 하나

별빛 미소 머금은
당신이지만

보고 싶은 마음은
별처럼 많으니

밤새
별을 세다
별빛 품고 잠들지요.

너처럼

어둠이 가고 날빛이 오면
꽃 미소 짓는 너의 모습을
시리도록 바라보고 싶다
햇살처럼

오늘이 가고 그날이 오면
너의 둥근 마음
저리도록 품고 싶다
보름달처럼

밤이면 밤마다
반짝이는 너의 마음
한 아름 쓸어안고 빛나고 싶다
별빛처럼

네가 잠든 창가에서
풀잎에 맺힌 이슬이 되어
너를 위해 기도하고 싶다.

* 날빛 : 햇빛을 받아서 온 세상에 퍼진 투명한 빛깔

5부 부부 사랑 공식

부부 사랑 공식

당신과 나는
인생 꽃밭에서 시소를 탄다

나는 당신을 사랑으로 높여주고
당신도 나를 사랑으로 높여준다

나는 낮아져서 행복하고
당신을 높여주면 더 행복하니

우리는 낮아지면 행복하고
높여주면 더 행복한 부부이다

이것이 우리들의
부부 사랑 공식이다.

* 2023. 서울 詩 지하철 공모전 당선작

제목 : 부부 사랑 공식
시낭송 : 박영애
스마트폰으로 QR 코드를 스캔하면
시낭송을 감상할 수 있습니다

너를 사랑하면

내가 너를 사랑하면
길가에 핀 꽃도 더 아름답고
들길을 나서면 바람도 상쾌하다

너의 모습이 슬퍼 보이는 날은
풀잎에 맺힌 이슬도 눈물이 되고
언덕 위에 뜬 무지개도 슬픔이더라

네가 우울한 날은
하늘에는 먹구름이 끼어있고
내 가슴엔 억센 파도가 밀려온단다

너의 기쁨은 나의 행복이고
너의 아픔은 나의 슬픔이며
너의 사랑은 나의 환희가 된다.

마음

보고 싶은 얼굴은
하나이지만

그리운 마음은
하늘 같으니

그냥
하늘만
쳐다보지요.

구월의 옷자락

구월의 옷자락에
배시시 실눈 뜬
새벽 찬 이슬이
살며시 님의 홑이불을 덮는다

찬 이슬 머금은 바람이
창틀에 긴 허리 걸쳐 놓고
노란 들길로 내닫는다

뭉게구름 스카프
휘감아 걸치고
새벽이슬에 옷자락을 적시니
임 그리움에 가슴이 시리다

기다림의 눈물이
이슬이냐
그리움에 물든 가슴이
단풍이냐?

그렇게 울었다

비비새 높이 울던 사월 초닷새
엄마 배 박차고 나오던 날
파란 하늘 너무 예뻐서 울었다

목숨 건 고통으로 막내아들 눈 맞추고
핏덩이 품에 안고 감격에 겨워
울 엄마도 나처럼 그렇게 울었다

허기진 보릿고개
진달래꽃 물들었던 파란 입술
찔레꽃에 냉수로 채운 배
서러워서 울었다

품 안에서 엄마 젖 한입 물고
배 두드리며 꽃 미소 짓던 딸 아들
내 품 떠난다고 큰절할 때
울대 잡고 굵은 눈물 꿀꺽 삼켰다

미끄럼 타는 세월로 염색한 백발
발버둥 친 고갯길에 그려 놓은 주름
이마엔 고희 계급장 하나
세월이 너무 미워 또 한 번 울었다.

접시꽃 피는 사연

창포 향기 그윽한 송파나루 언덕길
접시꽃 단장한 다정한 누이
삼단 머리 출렁이던 솔 언덕길에
지금쯤 접시꽃은 누이처럼 피었을까

너는 엄마 나는 아빠
접시꽃 소꿉놀이
깨 볶던 오누이
해 저무는 솔 언덕에
묻어둔 사연

세월의 수레에 실려 간 유월
접시꽃 피던 날 시집간 누이
접시꽃 단장하고 다시 오려나
솔 언덕 너머로 석양은 타는데

강물이 전해주는 접시꽃 한 송이는
누이가 띄워 보낸 꽃 편지인가
송파나루 솔 언덕에 접시꽃 피는 뜻은
누이가 보내온 그리움인가?

12월

11월에는
꼿꼿하던 우리 허리
12월엔 나만
꼬부라졌구먼

임자
나는 휘어졌어도
자네는
꼿꼿하게 다니시게

자네도 힘이 들거든
꼬부라진 내 허리 갖다가
지팡이로 쓰시게

지팡이로
쓰다가 짐이 되면 버리고
1월에는 혼자서라도
꼿꼿하게 사시게

요양원 노인의 기도

파란 하늘에
새 한 쌍 날아간다

너는 참 좋겠다

우리 아이들이
나 여기 있으라고 했어

문밖으로 나가면
안된대

나는
언제 날 수 있을까

하느님 곁으로 갈 때는
날 수 있을까

성탄절 날
아기 하느님께
여쭤봐야지

카톡

카톡
이른 새벽 여명으로 분단장하고
찾아온 다정한 목소리가
당신의 음성인 줄 압니다

외로움에 겨워 눈물로 긴 밤 지새울 때
다정히 찾아온 속삭임이
당신의 정인 줄도 압니다

그리움에 겨워 가슴이 시릴 때
찾아온 고마운 목소리가
당신의 마음인 줄 압니다
가슴에 사랑이 메마를 때
귓전에 찾아온 노랫소리가
그것이 당신의 사랑인 줄도 압니다

귓전을 두드리는 소리는
다 같은 소리가 아닙니다
당신이 보내준 다정한 소리는
당신의 사랑이 가득하거든요

당신이 보내온 노래 가득히 실어 온 사랑
당신이 보내준 따뜻한 마음으로
나는 오늘도 행복합니다.

거시기

봄 햇살 내려앉은 시골집 장독대 담장 아래
보라색 제비꽃이 꽃 살림을 차렸다
얘 어미야, 거시기 장독대에 가서
거시기 한 바가지 퍼 와서 빠글빠글 끓여라
예. 어머니

얘 순이야, 예 할머니
텃밭에 가서 거시기한 포기만 뽑아오너라
할머니, 거시기가 뭐예요?
거시기가 거시기지 얘, 애미가 다녀오너라

순이 배꼽시계 소리가 담장을 넘고
봄 햇살 먹고 자란 파 송송 썰어 넣고
빠글빠글 끓인 청국장 향기에
순이 입안 침샘이 연못이 된다

봄 햇살에 반짝이는 까만 단발머리
갸우뚱하던 순이 금세 고개를 끄덕인다
거시기가 청국장이구나

국어 시험 답안지에 청국장은 (거시기)
백 점이 자신 있는 순이 얼굴에
환하게 피어나는 덧니 난 미소가 매화처럼 곱다.

그대는 나의 사랑이니까

양지바른 뜰 안에 아지랑이 녹아내리는 봄날
언 땅 헤집고 따사로운 햇살 담은 꽃밭에
가슴에 담았던 꽃씨 하나 정성 들여 심어 놓고
당신을 담은 사랑으로 키웠습니다
당신을 그리는 정이 너무 컸기에
맨손으로 거친 흙 매만지고
가슴으로 잡초 뽑고 땀으로 키웠습니다

그리움이 너무 깊었기에
보름달 달빛을 한 바구니 담아 오고
별밤에는 은하수 물지게로 길어다가
밤새워 정성 들여 키웠습니다

아픔이 너무 커서 별빛 흐르는 창가에서
하얗게 미소 짓는 박꽃 향기 맡으며
저리도록 눈물을 삼켰습니다

당신을 그리는 사랑이 너무 아파
눈물 젖은 사랑 편지 밤새 쓰고
곱게 핀 단풍 길에서
그리움을 가슴으로 곱씹었습니다.

당신 생각에

출근길에
오늘은 혹시 당신을 만날까
거울을 한 번 더 봅니다

새로 산 양복에 하얀 포켓치프를 멋지게 꽂고
빨간 넥타이도 골라 매고
향수도 뿌립니다

당신 집 앞을 지날 때는
모델처럼 멋지게 어깨를 펴고 걷습니다

당신을 생각하면
세상에서 제일 아름다운 꽃이 생각납니다

당신을 만나러 갈 때는
유리에 비치는 내 모습에 자꾸만 눈이 갑니다

당신을 만나러 가는 날은
꽃이 활짝 핀 화창한 봄날에 갈 겁니다

언제나 당신을 생각하면
입꼬리가 올라갑니다

당신 생각에 나는 언제나 꽃이 됩니다.

누나의 향기

봄 동산에 속살 보드라운
연분홍 꽃잎의 고운 미소

사랑을 불태우고 싶은 철쭉꽃 바구니도
길섶에 몰래 살며시 내다 놓고

누나와 함께 걷던 꽃길에는
봄 햇살 가루 쏟아지는데

누나 내음은 향기가 되어
봄 동산에 나비처럼 날아오른다

붉은 석양 한 모금이
너무 아픈 이별주가 되었고

누나의 색깔이 고운 꽃실 되고
남겨둔 그리움이 진한 향수가 될 줄이야

꽃술의 떨림으로 다가오는 저림은
안개처럼 피어나고

인생 소풍 떠난 길섶에
누나의 꽃자리를 곱게도 펼쳤구나!

그대가 눈물인가요

바닷물이 저리 푸른 것은
콧대 높은 파도가 바위에게
소박맞고 흘린 상처인가요

그대의 초승달 눈에 맺힌 눈물은
사랑에 겨워 흘린 행복인지

아픔으로 흘린 상처인지
눈물의 의미를 나는 정말 모르겠다

그대는 기쁠 때도 울었고 슬플 때도 울었고
사랑할 때도 울었지요

그대의 눈물을 나는 정말 모르겠다
기쁨인지 슬픔인지 미움인지를….

꽃밭으로 가는 길

의욕과 정성으로
외나무다리를 놓고

불타는 열정 탓에
화상 입은 실패로
인고의 길을 다져서

창의와 인내로
쌍 나무다리를 놓아

인동초 사랑으로
길을 넓혀 나가니

외길은 평길 되고
자갈길은 흙길 되어

그곳에
꽃밭이 손짓하더라.

가족 상장

제1호 상장 수상자는 할아버지이고
시상자는 유 초 중등 학생 손자 손녀들이다
화는 삼키고 웃음은 내뱉고
사랑과 건강도 꽃피웠으며
특히 지갑을 활짝 열어준 공적으로 받는 상이다
지갑은 텅 비어도 마음은 부자가 된다

제2호 특별 수상자는 할머니다
시상자는 자식들이며 수상 공적은 놀랍다
삼식이 영감님 보살핌이 지극정성이고
자식 사랑 희생이 눈물겹다
특별상과 두둑한 부상에 영감님은 무척 부러운 눈치다
다음 수상자는 딸 아들 사위 며느리이고
시상자는 할아버지 할머니 공동명의다
공적은 부부간에 화목하고 딸 아들 잘 키웠으며
효성이 지극하여 받는 상이다

손자 손녀들은 어른을 공경하고
공부 잘한 공적으로 상장과 넉넉한 부상에
감사 세배로 이마가 방바닥에 닿는다.

너와 함께 있나 보다

무심코
그립다고 말하니
네가 생각난다

우연히
보고 싶다고 말하니
너의 얼굴이 떠오른다

쓸쓸해서
창가에서 노래 부르니
너의 목소리가 들려온다

외로워서 찾아간 꽃밭에도
네가 저만치 피어있고

밤하늘에 별을 쳐다보니
네가 거기서 반짝이고 있구나

나는 어디 있어도
너와 함께 있나 보다.

나도 그렇다

가지 끝에
어린잎 하나 떨고 있다
나도 그랬다

봄바람에
꽃잎 하나 울고 있다
내 사랑도 그랬다

가을 끝에
열매 하나 외롭다
나도 그렇다

외길 끝에
석양이 슬프다
나도 그렇다.

사랑하고 있나 봐

너를 잠시 생각하면
오래오래 생각하고 싶다

오래 생각하면
멀리서라도 한번 보고 싶다

멀리 서 너를 보면
가까이서 보고 싶다

가까이서 잠시 보고 나면
오래도록 가까이서
자세히 보고 싶다

오래도록 보고 있으면
보고 있어도 또 보고 싶다

아마도 내가 너를
사랑하고 있나 봐

6부 당신은 사랑입니다

당신은 사랑입니다

찬 바람 몰아치는 엄동설한에도
높은 산 절벽 위 낙락장송이 되고
묵묵히 기다리는 망부석이 되어
아픔을 가슴으로 삭여내는
당신은 인동초 사람입니다.

한겨울 모진 풍파 참아내고
비바람 거센 세파 물리치고
한세월 푸른 마음 가슴에 담고
아낌없이 내어주는
당신은 상록수입니다

눈빛만 보고도 끄덕여 주고
소식이 없어도 기다려주고
보지 않아도 믿어주며
마음 주지 않아도 미소 짓는
당신은 아름다운 사람입니다.

돌아선 임 가시는 길에
한 아름 꽃 즈려밟게 뿌려주고
영원한 향기 주는
당신은 사랑입니다.

장대비

그대 소식 전하는 긴급 전보가 왔다고
장대비가 창문을 밤새 두드렸습니다
끝내 못 들은 척 애써 외면하고 말았더니
당신이 쏟아낸 눈물로 눈물바다가 되었습니다

사랑아, 창문 열고 소식 차마 묻지 못한 까닭은
그대 마음에 폭풍이 다시 휘몰아칠까
두려웠기 때문입니다

보름달 밤 초가지붕 박꽃처럼
하얀 이 드러내고 못 웃는 까닭은
내 가슴의 상처가 먹구름이 되어
다시 몰려올지 걱정이기 때문이지요

그대여 당신의 눈물이 마르기도 전에
참지 못한 내 눈물보가 터지면
고이 잠든 당신의 창밖에도
또 한 번 장대비가 쏟아지겠지요

하지만 내 가슴이 너무 아픈 것은
쏟아지는 내 눈물 홍수에 당신의 고운 사랑이
영원히 떠내려가 버릴까
그것이 더 두렵습니다.

달빛이고 싶다

한 번만이라도 그대 얼굴
자세히 보고 싶다
그리움이 너무 커서

잠시라도 그대 목소리
귀 기울여 듣고 싶다
가슴이 너무 저려서

뜬 소문이라도
그대 소식 듣고 싶다
사랑이 너무 아파서

오늘은
그대 생각 올올이 담은 편지를 쓰고
내일은 장미 꽃잎 수놓은
사랑 이야기를 밤새 엮어서
달빛에 실어 그대 창가에 걸어두리라

임아
내 영혼의 그림자가 사라질 때까지
그대 방 창가에서
곤히 잠든 그대 모습 바라보는
지지 않는 달빛이고 싶다.

그대 생각

그립다고 말하지 않을래
말할수록 더 그리운 걸
보고 싶다 생각하지 않을래
그럴수록 그대 얼굴이 흐려지는 걸

먼 산 바라보지 않을래
볼수록 더 멀어지는 걸
그대와 함께 손잡고 넘던 고갯길
혼자 넘지 않을래
외로움이 더 커지는 걸

제비꽃 꽂아주던 양지바른 언덕에
그대 꽃을 찾아보지만
인제 그만 당신 생각 멈추라고
그 언덕에 제비꽃은 피지 않았습니다

그대 머물던 솔 언덕에 올라
밤하늘을 쳐다보지만
오늘도 샛별은 뜨지 않았습니다

사랑하는 임이여
희미하게 멀어지는 그대 생각 잡으려고
반짝이는 별빛 따라 끝도 없이 달립니다.

비의 속삭임

댓돌 위 빗방울의 귓속말
그립던 사랑 님의 짚신
밤새 적시면 어떠하리

창문을 적시는 빗방울의 속삭임
각시방에 흐르는 자장가 되어
늦잠 잔 새색시 쫓겨나면 어떠하리

처마 끝 빗방울의 사랑 이야기
임 마중 나갔다가 흠뻑 젖은 모시 저고리
살빛으로 물들면 어떠하리

초가을 나뭇잎에 속삭이는 빗방울
임 찾아 떠나자고 귓속말로 꼬드겨서
하룻밤 사랑으로 빨갛게 물들면 어떠하리

비야 내려라
밤새 내려라
속삭임 끝에 님이 오신다면.

너

결이 고운 백합을 보면
꽃 안에 너의 살결이 보이고
가을바람에 흔들리는 코스모스를 보면
물결치던 너의 춤사위가 보인다

바람이 전해주는 장미 향기에 취하면
향기 속에 너의 체취도 달콤한데
포플러 줄지어 선 신작로를 지나면
너의 소식 안다고 손짓하며 기다린다

청보리 물결이 파도치는 들녘을 지나면
출렁이던 너의 검은 귀밑머리 춤추고
능소화 나팔들이 희망의 노래를 합주하는 7월
너를 향한 사랑의 노래가
담장 길 따라 온 동네에 울려 퍼진다

그대가 더 그립고 저린 날이면
능소화 곱게 핀 담장 위 하늘 길 따라
저만치 멀어져 간 당신 담은 꽃구름 되어
그대가 잠든 세상 위에 꽃비를 뿌리리라

자연이 주는 교훈

구름이 저만치서 두둥실 떠왔다가
어디론가 정처 없이 흘러가는 것은
우리네 인생도 한 조각 구름처럼
정처 없이 왔다가 떠나간다는 뜻이요

비가 오고 눈도 오고 먹구름이 덮였다가
맑은 날이 오는 것도 우리네 인생살이도
변화무쌍하다는 뜻입니다

샘물이 개울물 되고
강물이 바다로 커질수록 낮아지는 뜻은
우리네 인생도 나이가 들수록
겸손하고 낮추라는 가르침이겠지요

여보소 벗님네들
오는 세월 막지 말며 가는 세월 원망 마소
우리네 인생도 바람처럼 구름처럼
자연의 순리대로 흘러가는 것을

껄껄껄 웃음 짓고 사랑하며 보듬다가
한 조각 낙엽 되어 세상 위에 뒹굴다가
한 줌의 흙이 되면 그만인 것을

삼복더위

고갯길 무거운 시주 등짐 진 스님
가쁜 숨이 턱에 걸렸네
스님 머리에 콩알만 한 땀방울
절골로 가는 길은 십 리 나 남았는데
무지개 뜬 땀방울이 사리처럼 곱다

누렁이의 멍멍 소리가 잠잠하다
가마솥에 누린내가 토담 넘어 소문낸다
처마 끝에 그네 타던 해묵은 시래기도
가마솥에 빠졌구나! 오늘이 중복 이랬지

잔잔히 들려오는 처마 끝 풍경 소리
귀청 찢는 말매미의 애타는 절규
안동포 차려입고 길쌈하는 새색시

수박밭 원두막 영감님의 코나팔 소리
머리카락 보일라 낮은 포복 살금살금
아뿔싸 방귀 소리

누구냐, 외마디에
깜짝 놀란 꾸러기들 키 쓰고
온 동네 집집마다 소금 꾸러 가야겠네!

요란한 눈물 잔치

한증막 낚시에 걸린 여름
입추가 한증막을 째려본다
쉽게 물러설 수야 없지 않는가
떠날 날을 미리 아는가 보다

먹구름으로 찌푸린 여름
고온 다습한 북태평양 고기압이 신부 되고
한랭 건조한 북쪽 고기압이 신랑 되어
하객 많고 교통 좋은 중부 지방에
예식장을 잡았다

밀월여행을 마치면
입추에 자리 물려주고
이별 짓는 슬픔은 눈물 폭탄이 된다

무더위의 눈물인가
떠나는 한여름의 한풀이인가
한강홍수통제소는 비상이다
만삭인 팔당댐은 폭포수를 목 터지게 토해낸다
하지만
다시 만날 여름을 눈물로 보내며
숨 막히는 그 여름을 사랑으로 기다린다.

당신의 침대이고 싶어라

구비 진 삶의 언덕길에서
안타까운 삶의 소용돌이에서
가난한 초가집 울타리가 되어
어금니 물고 참아내며 지치신 당신이
편히 쉴 침대이고 싶어요
꽃길도 외면했고 지름길도 돌아왔고
비단길도 손사래 치며 애쓰신 당신에게
포근한 침대이고 싶어요.

아픈 맘 달래 놓고
깊은 상처 덮어주는 당신
이제 가슴은 세월에 치어 몽돌이 되었고
세상 틈바구니에 치여 무디고 지쳐서
고목 그루터기가 되신 당신

그러나 이젠
당신이 짓는 미소는
보름달 밤 박꽃처럼 아름답고
은은한 향기가 피어나는 장미꽃 같은 당신
당신이 편히 쉬실 침대이고 싶습니다.

그대 감옥에 갇힌 나

떠나는 임 앞에
마음으로 울면서 얼굴로는 미소 짓고
이룰 수 없는 사랑 앞에
가슴으로 삭히는 것이 사랑인가요

운명의 갈림길에 떠나는 임 앞에
아픈 미소 머금은 채 장미 꽃잎 뿌려주고
울고 있는 임 앞에
아픈 미소 지으며 떠나야 하는
고통이 사랑인가요

달력이 한 장씩 떨어져 나갈수록
그대에게 보낼 사연은 태산이 되고
아픔에 겨워 신음하는 내 영혼도
상처 난 달력처럼 야위어 간다

떠난 님의 행복을 빌어주는 기도가
사랑이라 말하지만
그대의 행복이 나의 행복이라고
수도 없이 되뇌어 보지만

나는 열쇠 없는 그대의 감옥에 갇힌
행복한 죄수라네.

너는 누구시길래

너에게 하고 싶은 말을 생각하면
멋지고 새로운 시어들이 샘솟는다

너에게 보낼 편지를 쓰면
곱고 예쁜 편지가 된다

너에게 들려줄 노래를 부르면
가창력 뛰어난 가수가 된다

너의 모습을 생각만 해도
하늘을 날 것 같다

너의 꿈을 꾸면
장미꽃 활짝 핀 동산이 된다

너는 누구시길래
나를 아름답게 꾸며주는가?

8월이 간다네

꼬리 긴 장마 끝에
훽 걷어버린 구름자락
내리쏟는 화살 햇빛에
익어가는 갈색이마

도심의 텅 빈 집 두고
가출한 자동차들
달걀 익는 아스팔트 위에
긴 줄 서서 꼼짝 않고 낮잠 들었나

이별하고 돌아오면
다시 만날 8자(字)라면
애꿎은 임 탓은
왜 하는가

만나고 헤어짐은
팔자소관인데
다시 만날 8 字라면
이별은 왜 하는가?

잠실(蠶室)

뽕잎 반짝이는 한강 모래섬
강바람에 뽕잎이 치마처럼 나부낀다
뽕 따는 처녀 오디색 입술이
사랑에 빠져서 보랏빛이 되었나

하얀 창호지에 노란 나방알이 새 생명이 되어
살갗 찢는 5령의 고통은 나방 되는 성장통인가

뽕잎 위에 흰 손가락이 꾸물거린다
잠실에 소나기 소리가 요란하다
창밖엔 햇살이 쏟아지는데
날카로운 이빨로 뽕잎 먹는 소리

5령 늙은 누에가
은실을 토해내며 새집을 짓는다
나도 누에처럼 먹은 것을 토해내어
영원한 안식처 고치 같은 집을 지어볼까

주인 잃은 잠실벌에 고치로 쌓은 공든 탑이
하늘을 찌르는 123층 마천루가 되었나
마천루 발아래 개미누에 닮은 까만 자동차가
꼬물꼬물 줄지어 기어간다.

* 1령, 5령: 누에 유충이 성장하는 단계
** 잠실(蠶室): 누에를 치는 집
*** 개미누에: 알에서 갓 깬 누에(까만 개미처럼 보임)

나의 색깔

탯줄이 잘렸을 때 처음 본 세상
초유 빨던 날 첫눈에 보인 하늘도
엄마 등에서 본 세상도
흰색이었습니다

떠오르는 태양에 환희의 함성을 지르고
검정 고무신 신고 녹색 들판을 지나
등굣길 내달리며 녹색 꿈을 쌓았던 날
내 마음은 녹색이었습니다

내 반쪽을 만나던 날
주례 앞에서 새끼손가락으로 백 년을 걸었으며
새 둥지 보금자리에 똬리를 틀었던 날
세상은 분홍색이었습니다

걸어온 길을 돌아보는 단풍 짙은 가을에
붉은 노을 속에 그려진 인생길
자꾸만 돌아봐짐은
노을의 눈부심 때문일까

세상 나들이 끝내고 떠나는 날
길에 찍힌 발자국을 돌아보면
나는 어떤 색깔일까?

사랑 공식

황영칠 시집

2024년 4월 17일 초판 1쇄
2024년 4월 19일 발행
지 은 이 : 황영칠
펴 낸 이 : 김락호
디자인 편집 : 이은희
기 획 : 시사랑음악사랑
연 락 처 : 1899-1341
홈페이지 주소 : www.poemmusic.net
E-Mail : poemarts@hanmail.net

정가 : 10,000원
ISBN : 979-11-6284-524-0